T0022677

EDELVIVES

ALA DELTA COLIBRÍ

Rondas
de colores

Gabriela Alfie

Ilustraciones
Axel Rangel

Los colores
juegan a la ronda

Hay en el parque una ronda que gira,
¿por qué será redonda y colorida?

Son los colores que se han encontrado,
¡mira!, se mezclan y se dan la mano.

Azul se pone junto a Amarillo
y aparece Verde lleno de brillo.

Ahora la ronda, ¡tiene dos grillos!
un árbol bajito y un verde lorito.

Hay en el parque una ronda que gira,
¿por qué será redonda y colorida?

Rojo y Amarillo se dan la mano
se mezclan y forman Anaranjado.

Ahora naranjas hay en la ronda,
ruedan y ruedan, jugosas redondas.

Pero de repente...
¿Sabes qué sucede?
Llega Nube Blanca
¡Qué miedo le tienen!

Ordena, grita y manda:
—Yo soy Blanca.
¡Vamos a jugar a la mancha!

—¡Azul, Amarillo, Verde y Rojo,
verán qué sucede cuando los toco!

»Si te atrapo, Azul, no te molestes,
con Blanco quedarás hecho Celeste.

11

Con la nube nadie quiere jugar.
—¡Vamos a escondernos! o nos va a
manchar.

Rojo vuela sobre una mariposa.
Nube Blanca lo toca, ¡ahora ya es Rosa!

13

Claros no quieren ser, Verde ni Amarillo,
corren y se esconden detrás del grillo.

La nube los busca, ¡los quiere atrapar!
A todos claritos los va a dejar.

Soplando y soplando don Viento llega,
de vuelta al cielo a Nube Blanca lleva.

Otra vez la ronda se vuelve a formar,
llena de colores empieza a girar.

Don Viento se acerca, ¡quiere jugar!
De pronto la ronda comienza a volar.

Hay en el cielo una ronda que gira,
¿por qué será redonda y colorida?

Son los colores que se han encontrado,
¡Mira! Se mezclan y se dan la mano.

Vuela que vuela con lluvia y con sol,
como un arcoíris la ronda quedó.

Los Tesoros
de Pepo

¿Qué junta Pepo?
Tesoros, tesorero.
Junta muchas basuritas,
y también piedritas.

Junta caracoles
y papeles de colores.
Papeles de caramelo,
adentro del ropero.

¿Qué guarda Pepo?
Papeles, papelero.
Guarda flores,
también ramitas
adentro de una bolsita.

Guarda grillos
en el altillo.
¡Y una roja manzana
debajo de la cama!

¿Qué tiene Pepo?
Tesoros, tesorero.
Tesoros son los papelitos,
las flores y los grillitos.
Tesoros rojo manzana
debajo de la cama.

Coquicó
en el gallinero

Coqui, coqui, coquicó,
la gallina cacareó.
—Ya preparé la comida,
y está lista en la cocina.

Pollito no quiere comer,
¡corre!, se va a esconder.
Coqui, coqui, coquicó,
la gallina no lo vio.

—¿El pollito en dónde está?
No lo puedo encontrar.

Un pájaro escuchó,
y al pollito buscó.

—¡Lo encontré, allí lo veo!
Se esconde detrás de un huevo.
Coqui coqui, coquicó,
el pollito apareció.

Pero vuelve a correr
y se esconde otra vez.

—¿El pollito en dónde está?
No lo puedo encontrar.

Una hormiga la escuchó,
y al pollito buscó.

—¡Lo encontré, lo veo allí
bajo un plato de maíz!
Coqui coqui, coquicó,
el pollito apareció.

Se ha cansado de correr
tiene hambre y va a comer.
Coqui, coqui, coquicó,
la gallina se alegró.

31

La Marcha
del mosquito

Tucu taco
tucu tico,
es la marcha del mosquito.

Tucu taco
tucu tico,
pica y pica el más chiquito.

Vuelan, vuelan ¡Picarones!
Vuelan, vuelan y se esconden.
¡Que te corro! ¡Que te atrapo!
Con la escoba o con un trapo.

Tucu taco
tucu tico,
¿A quién picó el mosquito?

Secretos
en el cielo

Te cuento un secreto:
allá en lo alto, en el cielo,
mil mariposas comen caramelos.

¡El sol amarillo tiene flequillo!
Y lo peinan las nubes
con un gran cepillo.

Te cuento algo más, ¡shhh! nadie lo sabe:
en una estrella apareció una nave,
una nave así, muy... muy... pequeña.
¿Quién la conducía? Una cigüeña.

Llevaba manzanas, pan, chocolate,
pastelitos y jugo de tomate.

Las mariposas la vieron pasar
y a la nave fueron a merendar.
La nave volando hasta el sol llegó
y el lindo flequillo le despeinó.

41

Picaflor,
loco de amor

Pica, pica, Picaflor,
vuela, vuela, loco de amor,
por aquella mariposa
que se llama Blanca Rosa.

Ya comienza el casamiento,
los novios vuelan al viento
y se suben a un ciruelo,
los casará el jilguero.

Allá viene el caracol
para tirarles arroz.
Una rana con flequillo
canta a coro con el grillo.

Las abejas con la miel
hacen un rico pastel.
¡Cómo comen las hormigas,
no han dejado ni una miga!

¡Qué bella está mariposa
con vestido blanco y rosa!
Picaflor le da un besito
aleteando despacito.

Pica, pica, Picaflor,
vuela, vuela, loco de amor,
por aquella mariposa
que ahora ya es su esposa.

Un globo especial

Voy a inventar un globo
para volar por el cielo,
lo amaso con mil colores
agrego chocolate y miel,
y relleno de canciones
le doy forma de pastel.

Mi globo será especial:
con un volante de nubes,
con una llave de sol,
con luces hechas de estrellas
y el viento será el motor.

Voy a inventar un globo
para volar por el cielo.
Llevaré a los pajaritos
cansados a reposar,
y vendrán las mariposas
a mi globo a jugar.

De pájaros y mariposas
mi globo será la cuna
para que sueñen volando
dulces sueños de luna.

Jardín

Jardín de alas abiertas,
señorita ojos de sol
y risas rojo manzana
manos de títere y flor.

Jardín de música y rondas,
de niños con manos de estrellas
que se unen y se juntan
en rondas redondas y bellas.

Jardín que pasito a paso,
enseñas palabras doradas
en dibujos de colores
rimas y cuentos de hadas.

Compartir

¡Pregúntame, mamita,
¿qué aprendí en el jardín?

Aprendí a pintar con rojo,
¡y cómo pican los piojos!
Aprendí a contar hasta diez
y a brincar con los dos pies.

Aprendí que la letra a
está en amor y en amistad,
y que la i está escondida
en manito y en amiga.

i a

¡Pregúntame, pregúntame,
¿qué aprendí en el jardín?

Aprendí que leer es hermoso,
y que los libros son misteriosos.
Aprendí los días de la semana,
y que los monos comen bananas.

¡Pregúntame, pregúntame,
¿qué aprendí en el jardín?
Porque en mi jardín aprendí
lo hermoso que es compartir.

Un Tren
de estrellas

Sueño en mis manos la luna
pequeña, sonriente o llena,
sola y oscura cielo
el tren de sueños espera.

Las nubes hacen un puente
y el tren por debajo pasa,
con sus vagones de estrellas
cargado de sueños viaja.

La luna brillante exclama:
—¡Yo tengo sueños de alas!
¡yo tengo sueños de niños!
para encenderme plateada.

¿Qué guardas luna encendida
ahora redonda y bella?
—Guardo los sueños soñados
y espero mi tren de estrellas.

Sueños bordados de azúcar
con almohadas de algodón.
¡Duerman, duerman todos!
Mamá, papá y pichón.

ÍNDICE